Les sor
modèle

Une histoire de Sylvie de M...
illustrée par Gérald Guerlais

Chapitre 1

Cataclysme, Catastrophe et
Catapulte sont trois adorables
sœurs, polies et bien élevées.
Enfin, polies et bien élevées
pour des sorcières... car
ce sont des sorcières.

Les « trois Cata » sont tout à fait mignonnes : leurs longs cheveux bien sales et tout emmêlés tombent sur leurs yeux. Elles s'habillent toujours en noir corbeau. Elles ricanent à longueur de journée derrière leurs adorables mains crochues.

Elles ne disent jamais
Bonjour Madame,
Merci Monsieur ou
Au revoir, chers amis,
mais *Alakazam!*

Scrogneugneu
en enfer!

ou

Cornegidouille
les affreux!

Elles se mouchent dans leurs doigts,
salissent bien leurs habits
et crachent dans le chaudron.
Bref, ce sont des amours de sorcières.

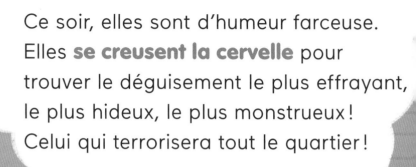

Ce soir, elles sont d'humeur farceuse.
Elles **se creusent la cervelle** pour
trouver le déguisement le plus effrayant,
le plus hideux, le plus monstrueux !
Celui qui terrorisera tout le quartier !

Chapitre 2

Si elles s'habillaient en princesses, avec des robes de bal dorées et des diadèmes ?

Ou bien en fées ? Il faudrait de longs manteaux roses et des chapeaux pointus avec un foulard au bout. Elles pourraient même orner leurs baguettes magiques d'une étoile...

Mais *cornegidouille!* tout ça a déjà été fait cent fois... alors... alors...

– Et si on se transformait en petites filles modèles? propose Cataclysme.

– C'est la meilleure idée du monde! s'écrie Catastrophe.
Catapulte sautille déjà sur place de joie.

Une fois prêtes, Cataclysme, Catastrophe et Catapulte entrent dans la cuisine.
Sur la table, il y a des **grimoires** pleins de poussière. Des araignées tissent gentiment leur toile au plafond.

Maman Sorcina est en train de préparer une délicieuse soupe aux serpents.

Elle pousse un cri **horrifié** en voyant ses filles.

Puis elle éclate de rire et s'exclame :

– Mes chéries, vous m'avez fait peur !

Il faut dire que Cataclysme, Catastrophe et Catapulte sont méconnaissables. Elles portent des chemisiers blancs, des jupes plissées bleu marine, des socquettes et des barrettes bleues dans les cheveux...

Gare aux voisins ! Elles leur
préparent des farces terribles,
affreuses, épouvantables !
Elles tondent la pelouse
du Dr Vampiro.

Elles ramassent les papiers gras
devant la maison de la maîtresse.
Elles offrent de gros bouquets de
fleurs blanches à Tata Krapoto.

Toute la soirée, les petites sorcières
s'amusent comme des folles.
Leur costume fait peur à tout
le monde.

Chapitre 3

Les trois Cata rentrent chez elles très tard. Vite, elles enfilent leur pyjama et vont se salir les dents !

Soudain, **TOC TOC !** On frappe à la porte de leur chambre.

– J'ai une surprise pour vous, mes chéries ! dit Sorcina en **brandissant** un panier d'osier.

Un petit caniche blanc pointe le bout de son nez. Il a un gros nœud de satin rose entre les oreilles. Comme il est laid ! Les trois sœurs ouvrent de grands yeux affolés.

Mais tout à coup, Cataclysme
s'écrie :
– Maman, arrête avec tes blagues !
Catastrophe renchérit :
– Oui ! Déjà l'autre fois, tu as rangé
nos chambres !

Alors, en riant, leur maman rend sa véritable apparence au bébé dragon qu'elle a acheté pour ses filles. Il est adorable : verdâtre, griffu, avec de grosses écailles pleines de **pustules** et de jolis yeux jaunes.

– Comment va-t-on l'appeler? demande Catapulte. Jolitoutou? Médor?

Sorcina fronce les sourcils :
– Cela ne serait pas très gentil. Pourquoi ne pas le baptiser tout simplement... Belzébuth?

– **D'ACCOOOOOORD!**
crient en chœur les trois sœurs.

Le dragonneau se met à courir partout en cassant tout sur son passage.

Ravies, les trois Cata et Maman
Sorcina s'écrient :
– Comme il est mignon !

Fin

Cette histoire t'a plu ?
Je te propose de jouer
maintenant avec les
personnages.

Tu es prêt ?

C'est parti !

Si tu en as besoin,
tu trouveras les solutions
page 32.

Désigne dans ce tableau tout ce que tu as compris de l'histoire que tu viens de lire.

Quels personnages?	Les « trois Cata »	La sorcière Cracra	La Belle au bois dormant
À quel moment?	À la préhistoire	Au temps des sorcières	Dans le futur
À quel endroit?	À la ferme	À l'école	Chez des sorcières
Quel genre?	Une pièce de théâtre	Une comédie	Un roman policier

As-tu bien lu l'histoire ?

Réponds par *Vrai* ou *Faux* à ces affirmations.

Cataclysme, Catastrophe et Catapulte sont trois adorables sorcières qui ne font jamais de bêtises.

Vrai Faux

On les appelle les « trois Cata ».

Vrai Faux

Les trois sœurs aiment porter des vêtements de toutes les couleurs.

Vrai Faux

Maman Sorcina est la reine de la soupe de légumes.

Vrai Faux

Cataclysme, Catastrophe et Catapulte adorent faire des farces.

Vrai Faux

Maman Sorcina offre à ses filles un joli petit chien.

Vrai Faux

Les « trois Cata » ont reçu un message codé de Maman Sorcina.

Pour déchiffrer ce qui est écrit sur le papier, place cette page devant un miroir.

Mes chères horribles filles,

Ne soyez pas trop sages. Je

compte sur vous pour faire

peur aux voisins.

Qui dit quoi ?

Relie chaque personnage à sa bulle.

Catapulte
A

1 Et si on se transformait en petites filles modèles ?

Catastrophe
B

2 L'autre jour, tu as rangé nos chambres !

Cataclysme
C

3 J'ai une surprise pour vous, mes chéries !

Sorcina
D

4 Comment va-t-on l'appeler ?

Quel élément n'appartient pas à l'image ?

Pour t'aider, tu peux te rendre en page 2.

Dans cette grille, le mot « sorcière » a été écrit sept fois.

Sauras-tu le retrouver… avant d'être ensorcelé? Tu peux lire de gauche à droite ou de haut en bas.

S	O	R	S	I	R	E	G	A	O	I
O	Y	S	O	R	C	I	E	R	E	S
U	S	D	R	A	U	I	R	S	Z	O
R	O	R	C	R	T	C	S	A	G	R
C	R	A	I	F	I	P	O	H	I	C
L	C	C	E	A	T	C	R	L	E	I
A	I	M	R	E	N	T	C	I	N	E
I	E	E	E	S	O	P	I	E	R	R
R	R	S	O	R	C	I	E	R	E	E
E	E	O	U	T	H	J	R	S	Z	P
S	O	R	C	I	E	R	E	X	A	Y

Retrouve le prénom du dragonneau en remettant l'image dans le bon ordre.

A   B   C

BEL **BUTH** **ZÉ**

Solutions des **jeux**

Page 25 : Quels personnages? Les « trois Cata ». À quel moment? Au temps des sorcières. À quel endroit? Chez des sorcières. Quel genre? Une comédie.

Page 26 : Faux. Vrai. Faux. Faux. Vrai. Vrai.

Page 27 : Mes chères horribles filles,
Ne soyez pas trop sages. Je compte sur vous pour faire peur aux voisins.

Page 28 : A 4; B 2; C 1; D 3.

Page 29 :

Page 30 :

S	O	R	S	I	R	E	G	A	O	I
O	Y	S	O	R	C	I	E	R	E	S
U	S	D	R	A	U	I	R	S	Z	O
R	O	R	C	R	T	C	S	A	G	R
C	R	A	I	F	I	P	O	H	I	C
L	C	C	E	A	T	C	R	L	E	I
A	I	M	R	E	N	T	C	I	N	E
I	E	E	E	S	O	P	I	E	R	R
R	R	S	O	R	C	I	E	R	E	E
E	L	E	O	U	T	H	J	R	S	Z	P
S	O	R	C	I	E	R	E	X	A	Y

Page 31 : Le prénom du dragonneau est BELZÉBUTH.

La mascotte « Milan Benjamin » a été créée par Vincent Caut.
Les jeux sont réalisés par l'éditeur, avec les illustrations de Gérald Guerlais.

Mise en pages : Graphicat
© 2017 Éditions Milan,
1, rond-point du Général-Eisenhower, 31101 Toulouse Cedex 9, France
editionsmilan.com
Loi 49.956 du 16.7.1949 sur les publications destinées à la jeunesse
Dépôt légal : 4ᵉ trimestre 2017
ISBN : 978-2-7459-9427-1
Achevé d'imprimer en Espagne par Egedsa